SCHNELLPFEFFER

STECKNADELN IM SOFA

EULENSPIEGEL VERLAG
BERLIN

JACOBUS
SCHNELLPFEFFER

Stecknadeln im Sofa

Nebst einem Anhang
Im Nachthemd durchs Leben
Ein süddeutsches
Weihebühnen-Festspiel

Herausgegeben
und mit einem Nachwort
von *Walter* Rösler

Illustrationen
Albrecht von Bodecker

INHALT

STECKNADELN
IM SOFA

DAS HUHN

Sie glaubt, sie hätt' ein Ei gelegt,
Die Henne. Gackernd stürzt sie weiter.
Ganz unnütz hat sie sich erregt,
Ein Tier, so denkt man, wär' gescheiter.
Es wird gar oft so laut gegackt,
Gleich meint man wunder, was es wäre,
Und hat doch nur ins Gras gekackt.
So viel Geschrei bei wenig Ehre!
Auch du, mein Freund, irrst dich bisweilen
Und siehst nicht zu, wie's hinten steht:
Man soll sich nicht so übereilen:
Eh' du dich rühmst, erst umgedreht!

FABELOID
(EINE FABEL ÜBER DIE FABEL.)

Ein Spucknapf auf der Wiese stand,
Nachdenklich griff er mit der Hand
Recht tief in seinen Sand hinein –
»Das kann ja gar nicht möglich sein!«
Schrie laut ein Grashalm, der es sah,
»Wie ist mir denn? Was machst du da?
Ein Spucknapf hat doch keine Hand!«
Der Spucknapf, der viel Spaß verstand,
Sprach lachend: »Schweig, du großes Licht,
Ein echter Grashalm spricht auch nicht!«
Da war der Grashalm sehr erschrocken
Und machte still sich auf die Socken.

LENZGEFÜHLE

Frühlingslust! – Der Dichter reimt,
Mädchen hüpfen übers Pflaster,
Unter meiner Weste keimt
Neues, unerhörtes Laster.

Unsre Herzen wie die Füllen
Hüpfen schon in süßer Lust,
Unter leichten Seidenhüllen
Schaukelt schon die junge Brust.

Wünsche sind emporgeschossen,
Und es gärt die Poesie,
Auf bequemen Sommersprossen
Klettert schon die Phantasie.

Seht, der alte Vogelsteller
Schmiert die Rute jetzt mit Leim,
Ach, der Abend wird schon heller,
Immer später kehrt er heim.

Hold verschwiegne Dämmerungen
Hüllen jeden Pirschgang ein,
Ist der große Fang gelungen,
Mag die Jagd beendigt sein.

Dort im Gärtchen steht der Paster
Und begießt die Blümelein:
Wir begießen unsre Laster,
Daß sie wachsen und gedeihn!

KOSMISCHES EREIGNIS

Sahst du ihn schon, den Inbegriff von Weib?
Der Doppelglobus seiner stolzen Büste
Wippt überm eingepreßten Unterleib,
Wie Meeresbrandung steigt an steiler Küste.

Er schwimmt heran, dem Eisberg gleich im Meer,
Wie Wogen schlägt der Rock um dicke Beine.
Die stampfen hinter einem Hündlein her,
Das vorne trippelt an gespannter Leine.

So, denk' ich, zieht ein Meteor durchs All,
Denn wer schaut wohl aufs Hündlein an der Leine?
Er starrt allein auf diesen Riesenball,
Bekost vom ersten Frühlingssonnenscheine.

Der Busen, unermeßlich wild und groß,
Er zieht daher wie stolzes Segelblähen –
Die Menschheit, überwältigt, tatenlos,
Läßt ihn wie Schicksal über sich ergehen.

Mag auch ein Tierfreund sich mit Schmeichelei
Um jenes kleinen Hündleins Gunst bemühen,
Das Hündlein ist doch nur so nebenbei
Und hilft ein bißchen ziehen.

DER SCHREIBTISCH

Das war ein Schlag für Frau Helene,
Der ihre Seele ganz verbog,
Als man den teuren Gatten August
Aus einer Gletscherspalte zog.

Sie war ganz Jammer, er ganz Leiche.
Drum weinte sie auch manche Stund'
Im Kreise ihrer Anverwandten
Sich Augenlid und Nasloch wund.

Ihr Schmerz war tief wie eine Röhre:
Acht Tage gingen drüber hin,
Eh' sie besah, was an Papieren
In Augusts Schreibtischlade drin.

Was sie dort fand? – An Liebesbriefen
Ein riesengroßes Arsenal,
Diverse andre Heimlichkeiten
Und Photos ohne Wahl und Zahl.

Vielseitigkeit in Liebesdingen
Ist schmachvoll für ein christlich Haus:
Erröten, Abscheu und Empörung,
Sie löschten Lenens Kummer aus.

Ein Trauerjahr währt oft recht lange,
Und früher freit man keinen Mann.
Aus starkem Zorn und schwachem Fleische
Schafft sie sich ein Verhältnis an.

URSACHEN

Wie eine jede andre Tugend,
So trägt ein buntes Faschingskleid
(Vernimm ein Beispiel, liebe Jugend!)
Die Göttin der Barmherzigkeit.

Stets an derselben Straßenecke
Steht ein defekter Bettelmann,
Der spricht um eine kleine Gabe
Bescheiden die Passanten an.

Herr Meier, der des Abends sieben
Aus dem Bureau nach Hause eilt,
Ist immer vor ihm stehn geblieben
Und hat ihm etwas mitgeteilt.

Der Winter kommt, als Meier plötzlich
Den Bettelmann nicht mehr beschenkt,
Der über diese Sinnesändrung
Vergeblich traurig sinnt und denkt.

Und nun der Grund? – Es hat sich Meier
'nen neuen Paletot erwählt,
In dem – nach einer letzten Mode –
Die Tasche für das Kleingeld fehlt.

SPIRITISMUS

Da! – Endlich traf es ein, das Zeichen,
Das man erwartet Stund' um Stund',
Im Feuer heiligster Begeistrung
Bespricht's der Spiritistenbund:
Durch Tod war aus dem Kreis geschieden
Das Mitglied Gottlieb Gänseklein;
Sechs Tage gingen, doch er kehrte
Bei keiner Sitzung klopfend ein.
Doch eines Tags trat außer Atem
Pankratius Huber vor den Bund
Und sagte: »Liebe Freunde, gestern
Gab er mir seine Nähe kund! –
Ja, gestern, als ich mit Familie
Im Augustinergarten saß
Und im Gespräche der Verwandten
Des teuren Bundes fast vergaß,
Da fühlt' ich plötzlich ein Bedürfnis,
Stand auf und eilte dann geschwind
Zu jenem Ort, wo an den Wänden
Die schmucken weißen Becken sind.
Ich war dort ganz allein, und Stille,
Tiefernste Stille herrschte bang,
Als plötzlich aus dem Nebenbecken
Ein Rauschen mir zu Ohren drang.

Nur ich war in dem Raum – sonst keiner –,
Auch hatte ich sogleich erspäht,
Daß selbst der Hahn zur Wasserspülung
War festgeschraubt und zugedreht.
Und plötzlich packte mich ein Ahnen,
Und eine Stimme sagte mir:
›Du Auserwählter der Gemeinde,
Der Gänseklein steht neben dir!‹« –
So sprach der Huber, und in Tränen
Umarmte sich die Brüderschar:
Das war das langersehnte Zeichen,
So überzeugend und so klar! –
Nur ein frivoles Ehrenmitglied
Brach in ein lautes Lachen aus.
Da schrie man: »Seht, ihm fehlt der
Glaube!«
Und ballotierte es hinaus.

War das ein Quäken und Gezeter,
War die Entrüstung riesengroß,
Die bei Geheimrats Kaffeekränzchen
Sich über Amtsrats Fritz ergoß!
Man hörte dort zum ersten Male,
Daß Fritz mit einem Mädel ging
Und sie in »ungeniertem« Zimmer
Sogar des Nachts bei sich empfing.
Es war ja einfach nicht zu glauben –
Doch die Beweise waren da,
Seitdem den tiefgebeugten Vater
Man abends nicht am Stammtisch sah.
Das Städtchen mußte Fritz verlassen,
Man hielt sich dort das Haus gern rein,
Man schnitt ihn, und es lud ihn niemand
Mehr zu Gesellschaft bei sich ein.
Die Damen waren tief erbittert,
Und auch die Herren stimmten bei
Und sagten voller Überzeugung:
»Pfui Teufel, solche Sauerei!« –

*

Die biedern Bürger hocken träge
Auf ihren Polstern voll Moral,
Und treibt das Blut auf freie Wege,

Dann speien sie auf den Skandal.
Im Schutz des Staats und der Gesetze
(Sie macht ja deren Fessel frei!)
Erfreun sie sich der legitimen,
Konzessionierten Sauerei.

KONSEQUENZEN

Der Konsistorialrat Schulze
Erstickte fast vor Zorn und Scham,
Als seine Tochter, die noch ledig,
Mit einem Kinde niederkam.
Da der Verführer längst verduftet
Und nichts zu reparieren war,
Verstieß die so mißratne Tochter
Das tiefempörte Elternpaar.
Klothilde, die rein gar nichts konnte,
Sank tief und tiefer in den Dreck,
Und jetzt wirft sie sich schon ganz billig
An jeden ersten besten weg.

*

Dank der Moral und Prüderie
Im sittenstrengen Christenhaus
Geht abends auf der Straße nie
Das Junggesellenfutter aus.

SPARSAMKEIT

Die Zahl von Schnüffels Pensionären
Vermehrte sich mit jedem Jahr,
Weil er Direktor vom Gymnasium
Und somit voller Einfluß war.

Gesetzt, daß Sparsamkeit 'ne Tugend,
So ist damit noch nicht gesagt,
Daß sie nun auch in allen Fällen
Uns ohne weiteres behagt.

Mit Schmerzen sah der kleine Alfred,
Daß trotz der teuren Pension
Und trotz des Tertianermagens
Recht klein die Mittagsportion.

Und flehend schrieb er seinem Vater:
»Ach, lieber Vater, nimm mich fort«;
Jedoch der Vater schrieb dagegen:
»Nein, lieber Alfred, Du bleibst dort!«

Es hungerte nun Alfred weiter
Und sah so bei Gelegenheit
Durch die halboffne Küchentüre
Ein Zeichen großer Sparsamkeit.

Er staunte, als Direktor Schnüffel
Zog sein Gebiß zum Mund heraus
Und sagte: »Liebe Klara, koche
Doch morgen die Bouillon daraus.«

Auch dies schrieb Alfred seinem Vater.
Doch kam die Antwort nicht direkt:
Es hat ihn nur Direktor Schnüffel
Zeitweilig in Arrest gesteckt.

DER PFARRER

Wie man sich so für was entscheidet,
Studierte Max Theologie. –
Sein *Vater*, Subalternbeamter,
Erschwang das Geld mit vieler Müh'. –
Doch machte ihm nach vier Semestern
Gar mancher Zweifel arge Pein,
Und als der Glaube ihm ging flöten,
Weiht' jammernd er die Eltern ein.
Der *Vater* sprach vom Hungertuche,
Die Mutter bat: »Max, bleibe stark!«
– Und jetzt belügt er die Gemeinde
Für monatlich dreihundert Mark.

DAS GEMÜSEGRAB

Wie sie sein Tod so tief betrübte,
Wie hat sie ihn so heiß beweint,
Den Gatten, den sie innig liebte,
Fritz Mäkel, den Gemüsefreund!

Nun kann sie ihm nicht mehr bereiten,
Was bringt der Jahreszeiten Lauf
Leguminöser Herrlichkeiten,
Nun heißt es: Iß es selber auf!

Und als mit Tränen in der Kehle
Sie brütend stand am frischen Grab,
Da war's die Praktik ihrer Seele,
Die ihr den schönen Einfall gab.

Den Fleck, den andere besetzen
Mit Efeu und Geranium,
Sie schafft mit sinnigem Ergötzen
Ihn zum Gemüsegarten um.

Jetzt holt sie hier aus erster Quelle,
Und das verdoppelt den Genuß,
Was sonst sie erst an zweiter Stelle
Mit schnöder Münze zahlen muß.

So, wenn die ersten Lerchen singen,
Pflückt sie die Sprossen vom Spinat,
Und wenn im Mai die Lämmer springen,
Hat sie den besten Kopfsalat.

Statt Efeu rankt sich Erbs und Bohne
Am Kreuz empor im schönsten Staat,
Es reift die Gurke und Melone,
Geschützt durch dicken Stacheldraht.

Und wird der Blumenkohl sich ründen,
Ist der Kohlrabi nicht mehr weit,
Den Grünkohl kann sie auch noch finden,
Wenn es die ersten Flocken schneit. –

Sei's Sellerie, sei es die Rübe,
Sei es die Spargel, die sie ißt:
Es kommt vom Grab der Treu' und Liebe,
Von Fritzen, den sie nie vergißt.

Hier darf nur von Gewinnsucht sagen,
Der diese Seele nicht versteht.
Man findet kaum in unsern Tagen
Solch Beispiel höchster Pietät.

ABENDFRIEDEN

Ob Gras, ob Busch, ob Teich und Strom
Hebt wölbend sich der Waldesdom.
Die Sonne duckt sich ins Gehölz:
Es ist die Gegend rund um Tölz.

Der Grashalm lacht, erhebt sich, sticht
Den Mann, der in des Abends Licht
Aus einem Busch, drin er versteckt,
Den rosenroten Hintern streckt.

Die Sonne scheidet. Ins Fanal
Verklärt das Bild ihr letzter Strahl. –
Ein Wandrer, der vorübergeht,
Spricht andachtsvoll sein Nachtgebet.

MARIECHEN

Gemächlich schaukelt auf der Mauer
Marie ihr süßes Bein.
Ich stehe unten auf der Lauer
In arger Liebespein.

Mariechen lacht mit weißen Zähnen
Und schüttelt ihren Zopf,
Mich aber schüttelt wildes Sehnen,
Mich armen Tropf.

Was soll ich tun? Wie soll ich's sagen?
Wie meine Glut gestehn?
Sie wird mich lachend auf die Backen schlagen
Und gehn.

Was macht man nur mit solchen Mädchen?
Ich denk': man geht
Und stillt dann seinen Durst bei Kätchen,
Die uns versteht.

Eben noch auf Paulas Spuren,
Treff' ich dich und deine Lippen.
Ach, von Ast zu Ast zu wippen,
Nennt kein Arzt die besten Kuren!

Ist das Durst, wenn uns der Trank
Nur aus fremden Bechern mundet?
Wenn nur so der Geist gesundet,
War der Körper ewig krank!

Doch das läßt sich nicht mehr ändern,
Jedem Narr gefällt sein Käppchen –
Sattle, Amor, mir mein Räppchen:
Frieda lockt mit neuen Bändern!

POST FESTUM

Wie war ich doch die ganze Zeit so krank
An Leib und Seele, süße Augenweide,
Doch winkt der Rotspon, den ich stets gern
  trank,
Hoff' ich das Allerbeste für uns beide!

Mir wahrlich bleibt er Lebenselixier,
Des Rheines Traube weckt nur meine Launen,
Der rote Trank, er zeige dir und mir,
Welch seltne Geister durch die Seele raunen.

Das Alter naht, und mager wird das Bein,
Rund tritt der Bauch aus dieses Leibes Falten:
So schrumpfen auch die Ideale ein,
Wir müssen uns jetzt ans Reelle halten.

Ein Gutes folgt der Liebe Hochgenuß:
Erwartungsschwanger knurrt der Magen
  wieder,
Daß man vollzieht, was man vollziehen muß. –
Und zur Verdauung singt man seine Lieder.

SILVESTER
BEI FAMILIE WIRSING

Silvesternacht! – Zu dieser Zeit
Ist alles voller Fröhlichkeit.
Wie stattlich rund ist die Terrine,
Die man bei Wirsings aufgebaut,
Auf die mit festlich-froher Miene
Ein jeder voll Vertrauen schaut.
Herr Wirsing schenkt die Gläser ein
Und sagt: »Nun laßt uns lustig sein!«

Man wird es bald. Man singt und lacht –
Doch ist's noch weit bis Mitternacht. –
Man hat erstaunlich viel getrunken,
Mama ist schon ein wenig matt
Im Sessel tief zurückgesunken
Und schnarcht, was sie im Halse hat,
Bis Tante Erna voll Humor
Schlägt die Gesellschaftsspiele vor.

Man spielt sie durch – ganz nach der Reihe –,
Man langweilt sich und sinnt auf neue:
Ob alle die Geschosse trafen,
Die man nach Mutters Nase warf? –
Dann imitiert man Phonographen
Und quäkt und gurgelt laut und scharf.

Zuletzt gibt Onkel Heinrich an:
Wer wohl am lautsten schreien kann! –

Dies weckt Begeistrung bei den Söhnen,
Man brüllt und schreit in allen Tönen:
Die Augen quellen aus den Höhlen,
Die Köpfe werden rot und rund,
Manch Stimmband in den zarten Kehlen
– Es berstet fast – wird rauh und wund.
Die Fensterscheiben, sie erzittern,
Die Gläser springen und zersplittern.

Soll man es glauben, daß die Alten
Noch solcher Töne Macht entfalten?
Doch als sie dann nach dem Posaunen
Zum Schweigen bringt die Atemnot,
Bemerkt man plötzlich voll Erstaunen:
Der gute Großpapa ist tot!
'ne Ader war im Kopf gesprungen,
Er hatte wohl zu laut gesungen. –

Jetzt ist es zwölf Uhr dreißig schon
Und unbemerkt ein Jahr entflohn,
Der Alte unbemerkt gegangen.
Nun wird die Stimmung etwas trüber,
Man fragt betrunken und befangen:
Wann war's, wann ging er denn hinüber?
Und unklar ist es stets geblieben:
War's Neunzehnhundertsechs, war's sieben?

SILVESTER

Und was wir auch verschuldet haben
An Bosheit, Roheit, Neid und Streit,
Das wollen heute wir begraben
Im Schlamme der Besoffenheit.

Was du mir tatst, will ich vergessen,
Was ich dir tat, vergißt dann du.
Wir wollen viele Krapfen essen
Und trinken vielen Punsch dazu.

Ob wir im neuen Jahr was taugen,
Das soll jetzt unentschieden sein:
Trittst du mir auf die Hühneraugen,
Schlag' ich dir deine Zähne ein.

Doch danach wollen wir erst fragen,
Wenn jenes neue Jahr verrinnt,
Heut' wollen wir uns mal vertragen,
Weil wir so stinkbesoffen sind!

GEDICHTE
EINES
GEFÜHLLOSEN

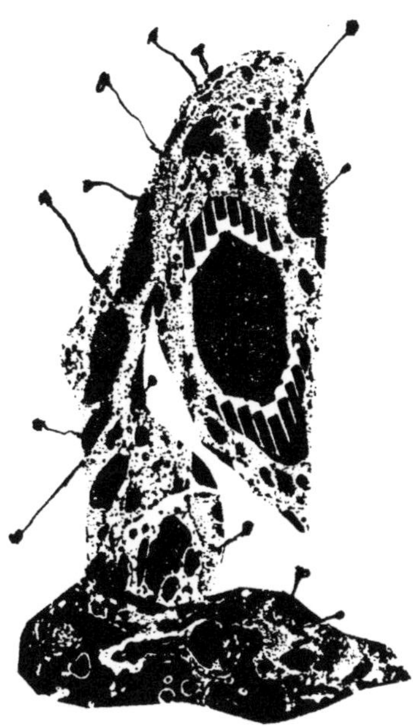

EINE KLEINE EPISODE AUS DEM WIESBADENER KURGARTEN

Ach, nicht rühren, nicht bewegen
Kann man sich, weilt man zur Kur
Irgendwo, wenn steter Regen
Fällt die ganzen Tage nur.

Wonne war es, wahre Wonne,
Als ich gestern wieder mal
Sitzen konnte in der Sonne
Vor dem großen Kurhaussaal.

Früh war's noch, ich saß alleine
Zwischen all den leeren Tischen,
Nur zwei allerliebste kleine
Buben spielten fröhlich »Fischen«.

Nicht am Weiher, in die Pfützen
Stachen sie mit kleinen Stecken.
Um nicht müßig da zu sitzen,
Wollt' ich ihren Ehrgeiz wecken.

»Jungens«! rief ich, und die beiden,
Weiß in Blusenrock und Hosen,
Nahten eilig, doch bescheiden,
Niedlich! – ganz wie zwei Matrosen.

»Könnt ihr denn auch feste rennen«?
Fragt' ich. (Ihre Augen blitzten.)
»Nun, so Bengels werdens können!
Seht die letzte ihr der Pfützen«?

»Diese Tafel Schokolade,
Sie soll dessen Eigen sein,
Der zuerst dort angekommen,
Der zuerst sich wirft hinein«.

Eins, zwei, drei! Die Buben fliegen.
Hei! nie hätt' ich das gedacht.
Bravo, bravo! Beide liegen,
Hin ist ihre weiße Pracht.

Beide liegen in der Pfützen,
Furchtbar schlugen sie hinein,
Meterhoch sah ich es spritzen,
Doch dann hörte ich sie schrein.

Auf den Schauplatz meiner Taten
Stürzte jetzt Mama heran,
Und ich hielt es für geraten,
Schickte mich zum Gehen an.

Sah nur noch die Mutter bringen
Beide Kinderchen nach Haus,
Sah sie wild die Hände ringen,
Aber sahen die auch aus!

Lachend lief auch ich von dannen,
Niemals werd' ich das vergessen!
Und die Tafel Schokolade
Hab' ich selber aufgegessen.

WAS WILLST DU WERDEN?

Man fragt so gern die Jungens aus
Und hört sie mit Vergnügen reden.
»Wie heißt Du«? und »Wie alt bist Du«? –
»Was willst Du werden«? fragt man jeden.

»Ich Droschkenkutscher«! »Ich Soldat«!
»Und ich Konditor«! hört man sagen.
Als ich noch klein war, stellte man
An mich auch solche Neugiersfragen.

Ich hielt nun weiter nicht zurück
Und sehe noch die Schreckgebärden,
Wenn jedermann von mir erfuhr,
Ich wolle Leichenschänder werden.

AUF DEM FRIEDHOF

Wie still ist's hier! So friedvoll still,
Wo Grab an Grab sich reiht,
Und wer die Stille suchen will,
Den lockt des Friedhofs Einsamkeit.

Der Schmetterling, er gaukelt sacht
Auf seinen bunten Schimmerflügeln
So achtlos über tiefe Nacht
Von Marmorgrüften, Grabeshügeln.

Und grün ist's hier! und Blumen blühn,
Und süßer Vogelsang ertönt.
Sollts mich nicht auch zum Kirchhof ziehn?
Ich bin die Ruhe so gewöhnt!

So wandel' ich – es ist im Mai! –
Gemächlich zwischen Kreuzen hin,
Betrachte manches Grab dabei
Und schwermutsvoll wird mir zu Sinn.

Da plötzlich durch die stille Luft
Ertönt es wie ersticktes Brüllen,
Gedämpftes Schlagen aus 'ner Gruft
Gleich neben mir. Um Gottes willen!

Und vor dem Grabe steh' ich schon
Und lese, daß hier vor zwei Tagen
Ein guter Vater, braver Sohn,
Voll Schmerzen wurd' zu Grab getragen.

In meinem Geist ersteht ein Bild:
Dort unten der – für tot begraben –
Lebt wieder auf, ich seh ihn wild
An seines Sarges Brettern schaben.

Wie gräßlich wird sein Angesicht
Verzerrt von wilden Ängsten sein,
Die schwere, dichte Erdeschicht,
Sie dämpft zum Flüsterton sein Schrei'n.

Ich denke, daß sein Wehgeheul
Nie wird ein Menschenohr erreichen.
Ich denke, wie mit Windeseil'
Die dunklen Haare werden bleichen.

Ich fühle selbst die krasse Angst
Des Mannes an der Seele nagen,
Ich sehe ihn Gebete wild
Hinauf zum Himmelszelte jagen.

Ich ahn', wie ihn das Grausen packt.
Und oben lacht die Frühlingswelt!
Das ist nun mal der letzte Akt,
Das Spiel ist aus. Der Vorhang fällt.

Auch meine Stimmung wurde trüber,
Doch ihn erretten etwa? – Nein! –
So ging ich still am Grab vorüber
Und ließ den Mann begraben sein.

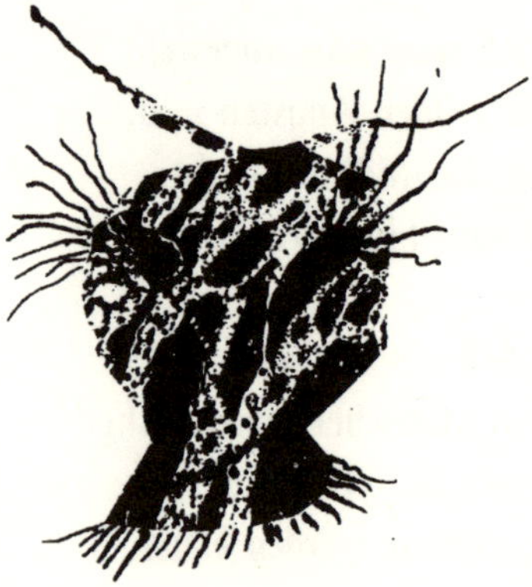

Es steht ein Mägdlein an der Straßen,
Das weint sich ihren Busen naß,
Es kann vor Weh sich nicht mehr fassen
Und setzt sich in das grüne Gras.

Der Liebste ist davon gegangen,
Ganz sang- und klanglos zog er fort,
Die Jungfrau aber fühlt mit Bangen
Ein leises Regen da und dort.

Nie hat der Liebste seinen Namen
Noch die Adresse je genannt.
Es sproßt manch Blümlein aus dem Samen;
Woher es kam, bleibt unbekannt.

Zieh hin, du braver Mann, in Frieden,
Werd du nur öfters noch Papa;
Das Mädchen gibt sich schon zufrieden,
Sonst ist ja noch der Kirchhof da.

GESANG DES UNEHELICHEN KINDES AUF DER STRASSE

Ach! Ich bin so ganz verlassen,
Weder Freunde noch Berater!
Alle aber, ach sie spassen,
Fragen: Kind, wo ist dein Vater?

Ist er tot? – Ich muß verneinen,
Muß den Frechen alles sagen,
Und ich fange an zu weinen,
Wenn sie nach dem Vater fragen.

Oh! Ich glaub, es liegt mein Vater
Wohlgemästet und geborgen
Auf dem Sofa, hat 'nen Kater,
Geld- und auch Verdauungssorgen.

AN SIE

Ich bin in Dich verschossen,
Mein holdes, süßes Kind,
Wenn ich auch Sommersprossen
Bei Dir im Antlitz find.

Du bist so – rund und niedlich
Fast wie – ein junges Schwein,
Das stillvergnügt und friedlich
Sich wälzt im Sonnenschein.

Bei Dir ist alles herrlich
Vom Busen bis zum Bein,
Der Kopf wär zwar entbehrlich
An Dir – mein junges Schwein!

So komm, Du einzig nette!
Den Corpus ganz allein,
Den nehm ich in mein Bette
Als Wärmflasch mit hinein.

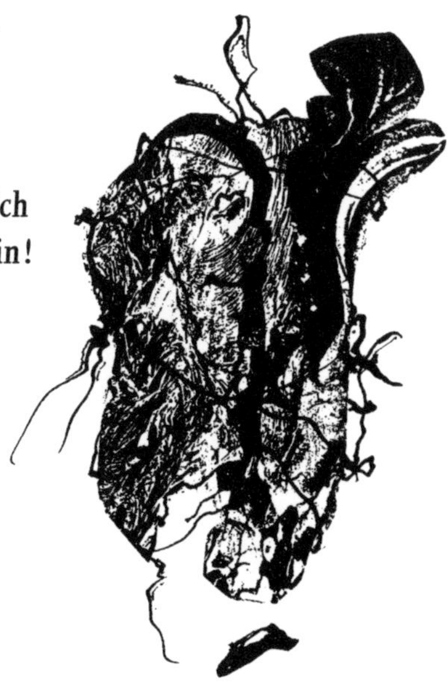

DER TOD DES BETRUNKENEN

Weinend, schluchzend zum Erbarmen
Reißt aus treuen Freundesarmen
Sich Herr Bleckmann. Alle winken:
»Lebe wohl!« – Die Tücher sinken,
Und Herr Bleckmann steht allein.
»Wo«, so denkt er, »kann ich sein?«
Tastend an den Häuserwänden
Mit dem Kopfe, mit den Händen
Irrt Herr Bleckmann stundenlang,
Weithin tönt sein Schlachtgesang.
Endlich kommt er zu 'ner Brücke,
Ist es Zufall? – Schicksalstücke? –
Bleckmann will doch erst mal schauen,
Wie die Wasser drunten brauen ...
Und er lehnt sich weit hinüber –
Ruhig ziehn die Wogen – trüber
Flackert der Laternenschein ...
Wo mag nur Herr Bleckmann sein?

WEIHNACHT

(EIN STIMMUNGSBILD.)

Wie sind die Straßen heut so still!
Es fällt der Schnee, und weiß – und weißer
Wird Weg und Dach und Zaun und Baum.
.... Der Wind geht immer leiser. –
Doch durch die Fenster strahlt der lichte Glanz,
Die Glocken läuten in die Weihnachtslieder,
Und wonnig stille Christnacht senkt sich froh
Auf unsern Erdball wieder – nieder.
Nur dort in jener Ecke steht ein Kind,
Es fleht: »So kauft mir ab und habt Erbarmen,
Ihr glaubt nicht, wie wir elend sind,
O gnäd'ger Herr, o helft uns Armen!«
Ein fremder Herr mit spiegelndem Zylinder
Und großem Pelz bleibt plötzlich stille stehn,
Kopfschüttelnd flüstert er: »O diese Kinder!«
Und will vor innerm Lachen schier vergehn.
Das Kind fleht wieder: »O so habt Erbarmen!
Der Vater ist schon lange, lange tot,
Er starb in meiner kranken Mutter Armen,
Wir sind in Not, o Herr, und ohne Brot!«
Der fremde Herr schaut erst um alle Ecken,
Als keiner naht, tritt näher er heran,
Betrachtet lang des Kindes dürftige Hülle,
Spricht: »Zeig mir, was man kaufen kann!«

»Hier Lämmchen, Herr, mit weißen Pelzchen
Und hier Knecht Ruprecht mit dem Tannenbaum,
Und hier ein Pferdchen, Kühe, Ochs und Kälber« ...
Und vor Erwartung lächelts wie im Traum.
»Und kosten?« – fragt der Herr dazwischen –
»Das Stück 10 Pfennig, Herr!« ruft froh das Kind.
»Tu alle raus und leg sie auf die Erde,
Will sehen, ob sie auch noch brauchbar sind!«
Erstaunt stellt nun das Kind die Sachen
Manierlich in dem Schnee der Straße auf –
Und als sie stehen, tritt mit lautem Lachen
Der Herr auf jedes Stückchen einzeln drauf.
Das kracht und splittert, knirscht und quietscht,
Es lacht der Herr in heller Weihnachtsfreude –
Dann ruft er böse: »Nun entferne Dich!
Sonst tu ich Dir noch was zu leide!«
Zwei Schläge klatschen, und das Kind stürzt nieder,
Rot fließt das Blut, der feine Herr entflieht –
Und aus der Ferne tönen Weihnachtslieder.

DIE UNTERBROCHENE KIRCHENANDACHT

Zur Kirche ziehn die Leute all
Im Sonntagsrock und Sonntagskleid,
Es mahnt getragner Glockenschall
Die Sünder an Vergänglichkeit.

Es ziehn der Schuster wie der Schneider,
Die Jungfer und Matrone hin.
Die schwarzen und die bunten Kleider
Erfreuen unsern Schönheitssinn.

Es drängt sich ein zur Kirchenpforte
Der arme wie der reiche Mann,
Man labt sich an dem Gottesworte,
Hört man die lange Predigt an.

In Harmonien quillt vom Chor
Gesang bis zu des Schöpfers Ohr. –
Die Köchin und der Bleisoldat,
Sie singen, daß 'ne Art es hat.

Die Alte dort in grauer Decke
Schmiegt eng sich in die Kirchenecke,
Sie regt die Lippen stimmlos nur,
Denn von Gesang ist keine Spur.

»Ja, wenn man keene Zähne hat«,
Sagt plötzlich laut der Bleisoldat.
Die Köchin kreischt vor Lachen laut,
Wobei sie auf die Schenkel haut.

Der Pfarrer, der grad beten will,
Schaut strafend nieder, ernst und still.
Die Nachbarn sehen desperat
Auf Köchin und auf Bleisoldat.

Ein Landmann, der grad eingenickt,
Erwacht vom Lärm, und er erschrickt,
Laut gähnend lehnt der Bauersmann
Sich an die freche Köchin an.

Den Gähner straft das Publikum
Mit bösem Blick, noch bleibt es stumm.
Jedoch der Bauer, der jetzt munter,
Stößt von der Bank die Köchin runter.

Laut kreischend fällt sie in die Tiefe,
Als ob sie nach dem Kellner riefe,
Ertönts mit hellem Juhgeschrei:
»Der Kerl tritt mir mein Kleid entzwei!«

Das Publikum ist starr vor Schreck.
Ohnmächtig trägt man Damen weg.
Ein Mann bricht laut in Lachen aus.
In Aufruhr ist das ganze Haus.

»Was ist denn los?« ruft es im Chore,
Bestürzung herrscht auf der Empore.
Der Pfarrer faltet stumm die Hände:
»O Herr, o Herr! Das ist das Ende!«

»Das ist empörend!« schrein zwei Damen,
Die jeden Sonntag hierher kamen.
Ein großes Damenpensionat
Verläßt den Schauplatz dieser Tat.

Der Aufbruch, der wird allgemein.
Die Köchin brüllt: »Du dummes Schwein!«
Worauf Soldat und Bauersmann
Sich feinden erst mit Worten an.

Die Tat, sie folgt gar bald dem Droh'n,
Die Frauenzimmer spucken schon,
Und das Gesangbuch als Geschoß
Bewährt sich wirklich tadellos.

Die Kirche widerhallt vom Schrein,
Nun wird man ernstlich handgemein.
Das aufgeregte Publikum
Wirft noch den heilgen Altar um.

Zum Glücke führt die Polizei
Ein rasches Ende bald herbei.
Verhaftet wurden auch sodann
Der Bleisoldat und Bauersmann.

Der Köchin ging die Strafe flöten,
Sie wurde nämlich totgetreten,
Und als das zweite Opfer dann
Führt man den armen Pfarrer an,
Der, als der Lärm am größten war,
Den Kopf sich einstieß am Altar.
Noch heute kann beim Kirchengehn
Man dort 'nen großen Blutklecks sehn.

AUF DEN TOD
EINES FREUNDES

Da liegst Du nun, Du altes Haus,
Und rührst Dich nicht! –
Die Puste ging Dir aus.
Ja, ja, wer hätte das gedacht,
Daß bald, nach einer kurzen Nacht,
Mit starren Händen, kaltem Bauch,
Erfrornem Fuß, erstarrtem Hauch
Dich aus des Schnee'es weichen Betten
Die Sanitätskolonne tät erretten!
Und Du – nach einem heft'gen Fall von Fieber –
Schobst in ein bessres Jenseits rüber.
Da sieht mans nun, Du konnt'st nie viel
vertragen,
Du hattest einen schwachen Magen,
Auch war Dein Stuhlgang oft nicht richtig,
Sogar der rechte Lungenflügel nicht ganz tüchtig.
Besoffen warst Du doch nicht sehr,
Wohl schwanktest Du bedenklich hin und her …
Doch dreizehn Glas – zwar eine Unglückszahl –
Ist schwerlich allzuviel – es ist normal.
Doch wars recht kalt, es schneite arg die Nacht,
Du hattest grad was an den Baum gemacht,
Als Du ermüdet auf 'nen Kilometerstein
Dich setztest – und da schliefst Du ein.

Was gingst Du auch so früh alleine fort? –
Ich konnt nicht mit, ich mußt auf den Abort! –
Na ja, nun bist Du tot und stinkst nach Fichtenholz,
Wie bist Du bleich! – Der Teufel hols!
Wer spielt jetzt wohl noch mit mir Skat die Nacht,
Da schon so früh Du Dich davon gemacht?
Verdammt! – Du tust mir schrecklich leid,
Du armer Anton da im Totenkleid! – –
Sieh da! – die Leichenträger kommen an,
Besoffen zwar – doch jeder ist ein Mann!
Leb wohl! – Ich kann nicht mit zur Leiche gehn,
Mein schwarzer Anzug ist nicht mehr ganz schön,
Und auch mein Geld war mir zu gut für 'ne Krawatte,
Da ich 'ne schwarze nicht auf Lager hatte.
Leb wohl! – Nun läutet gar der Türmer,
Es freun sich schon auf Dich die Leichenwürmer,
Die bald in ungezählten Legionen
In Deinem faulen Fleische werden wohnen.
Sogar ein Pastor soll an Deinem Grab erscheinen –
Leb wohl, mein Freund – ich fange an zu weinen …

Da steht der Mann mit einem Bein
Am Kirchentor jahraus, jahrein
Und bettelt um 'ne Gabe.
Die Kriegsmedaille einerseits
Und andrerseits das schwarze Kreuz
Sind seine einz'ge Habe.

Fürs Vaterland im heil'gen Streit
Kam dieser alter Herr so weit,
Verlor den einen Schenkel;
Ein Auge floß ihm auch noch aus,
Wie oft erzählt er doch zu Haus
Davon noch seinem Enkel.

Gar mancher geht an ihm vorbei,
Der gibt ihm gar der Pfenn'ge zwei,
Sieht er die bunten Bänder.
Ich hab auch mal 'nen Mann gesehn,
Der gab ihm leider sogar zehn,
Das war so ein Verschwender!

Und jeder Vater zeigt voll Stolz
Dem Sohne jenes Bein von Holz
Und lobt die tapf'ren Zeiten.
Schön wär's, nähm man den Vater her,
Verstümmelte ihn auch so sehr
Und ließ ihn tüchtig leiden.

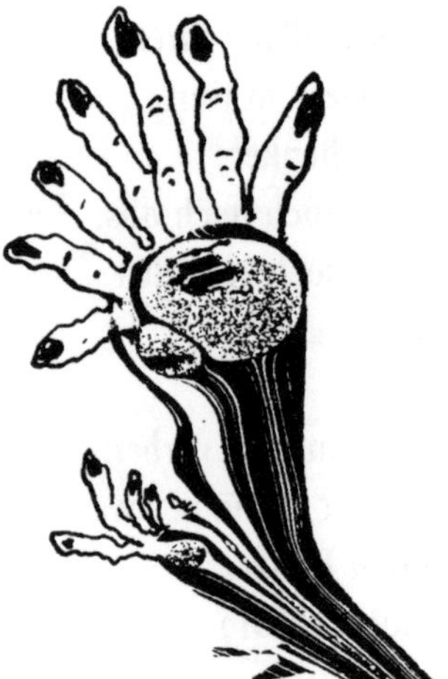

Das Stehlen stand mir wenig an
(Nur wirklich Arme sollten stehlen),
Doch in 'nem einz'gen Falle kann
Auch ich es tun. Sollt ichs verhehlen? –
So führt ich denn aus manchem Haus
Andenken aller Arten aus,
Die ich persönlich nie begehrt,
Jedoch den andern lieb und wert,
Daß ihnen Rührungsschauer kamen,
So oft sie's in die Hände nahmen.
Ich trug sie fort, wenn's niemand sah,
Und ging dann frohgemut nach Haus,
Wenn der Besitzer den Verlust
Bemerkend brach in Tränen aus.

....

So sammelte ich jahrelang
Andenken fremder Leute,
Verwahrte sie in einem Schrank
Und habe sie noch heute.

SELBSTBEKENNTNIS

Schlemmen will ich! Fressen, Saufen!
Mag das Volk in hellen Haufen
Fluchen, schimpfen mit Gebrüll;
Meinetwegen, ich bin still!
Wenn ich so mit froher Miene
Gänseleber und Sardine
Lässig auf die Gabel spieße
Und mit Rheinwein dann begieße,
Denke ich nicht an das »Morgen«,
Denn ich kenne keine Sorgen:
Sondern denke, daß Millionen,
Die mit mir die Welt bewohnen,
Sich so was nicht leisten können,
Nach des Lebens Notdurft rennen,
Sich drum prügeln, beißen, raufen,
Um eine Stücklein Brot zu kaufen,
Ja, daß manche hungern müssen –
Froh lehn ich mich an das Kissen ....
Wenn man so was denken tut,
Ach, dann schmeckt's noch mal so
gut! –

Vergiß es nicht, daß du verfallen bist
Von Anfang an des Knochenmannes List!
Dehnst du am Morgen froh im Bette dich,
Umschleicht er dich und freuet sich.
Du Ahnungsloser fühlst dich jung und frisch
Am Frühstückstisch.

Genießt du froh und selig die Natur,
So folgt er heimlich grinsend deiner Spur,
Zählt jeden Schritt, den du so fürbaß machst,
Und meckert mit dir, wenn du singst und lachst.
Unhörbar fragt er: »Hast du mich vergessen?«
Beim Mittagessen.

Des Tages Arbeitslast liegt hinter dir,
Dein Zimmer schmückt geliebter Hände Zier,
Und du genießt des Schicksals holde Gunst
An einem Buche, einem Werk der Kunst.
Ach hinter deinem Stuhle feixt der Tod
Beim Abendbrot.

Voll selger Stimmung legst du dich zu Bett,
Wie war der Tag so lustig und so nett,

Wie schmeckte dir so gut die Flasche Wein,
Voll neuer Hoffnung schläfst du friedlich ein:
Da – schwuppdiewupp – hat er dich umgebracht
In stiller Nacht.

IM NACHTHEMD DURCHS LEBEN

Ein süddeutsches
*W*eihebühnen-Festspiel
in 7 Bildern,
nebst Prolog und Epilog
sowie Gesang
und bengalischer Beleuchtung.
Für die Holzbühne erdichtet
und erdacht
und an das Licht gebracht
von drei Mitgliedern
des Vereins süddeutscher
Bühnenkünstler

PERSONEN

Kasperl, eine glückliche Erscheinung
Alois, der Pfarrer
Kathl, die Köchin desselben
Mizzi, eine lüderliche Frauensperson
Georg Glasl, ein Bauer
Hörschel, ein Handelsjude
Ein Schutzmann

Das Stück spielt in einer alldeutschen Stadt
zur Zeit des 17. Sittlichkeitskongresses

Kasperl stellt zwei obszöne Figuren rechts und links auf die Rampe und freut sich.

Des Frühlings Lachen und des Winters Weinen
Entlockte uns der Liebe Hochgefühl –
Mag blasser Neid auch aus der Brille scheinen:
Es war des Herzens nimmermüdes Spiel!
Erhebt Euch, Lurche, aus den niedren Sümpfen!
Der Sittliche ist sittlich nie allein,
Er haßt die Seide an den Wüstlingsstrümpfen:
Dem Reinlichen ist kaum das Reinste rein!
So stehn wir da. Es mag das Spiel beginnen,
Das Auge glänzt, der Bau ragt in die Welt:
In Jungfernschöne vor berückten Sinnen
Entblättert sich Euch Momis buntes Zelt.
Da staunt ihr nun, teils Krethi und teils Plethi,
Unkeusch, verblödet, lendenlahm und stumpf!
Aus Eurem Abschaum hebt sich strahlend Hedi,
Ganz Seele, ganz Ergebung und ganz Rumpf.
Ein Venusspiel, Ihr wüsten Duchoborzen,
Ich weiß es wohl, Euch reizt Erotisches …

Ein Schutzmann geht im Hintergrund über die Bühne und klopft Kasperl auf die Schulter.

O Gott, wen muß ich hier an diesem Ort sehn!
Der Teufel hol' den Sittlichkeitskongress!

(Kasperl ab.)

Der Schutzmann geht schweigend über die Bühne. Pfarrer und Bauer treten auf.

Pfarrer.

Die Sünde schleicht durchs Land, mein Lieber,
Drum zieh Dir nachts ein Nachthemd über.

Bauer.

Bei Tag trag' ich fast stets ein Hemd,
Doch nachts ist mir ein solches fremd;
Denn trüg' ich nachts ein Hemd am Leib,
Wie fluchte da mein Eheweib!

Pfarrer.

Jedoch bedecktst Du Dich nicht vorn,
Wirst Du einst in der Hölle schmorn.
Das Nachthemd, sei es noch so weit,
Ist Bollwerk gegen Lüsternheit:
Der Geist ist schwach, es dräut das Fleisch,
Das Nachthemd hält den Menschen keusch.

Bauer.

So sagt mir, was ein Nachthemd ist,
Ich habe es noch nie vermisst!

Pfarrer.

Mein Sohn, Du bist noch sehr naiv!
Das Hemd ist kurz, die Welt ist tief!
Dies Eine aber tuet not
Und so befiehlt's der liebe Gott,
Dass, wenn der Mensch zu Bette geht,
Was Langes um die Beine weht,
Dies Lange aber, gib fein acht:
Dies Lange ist das Hemd der Nacht,

Zerrt Dich der Teufel umeinand,
Das Nachthemd ist die Scheidewand,
Ich habe das in langen Jahren
In eigner Tätigkeit erfahren.

Bauer.

Jawohl, Herr Pfarrer, Ihr habt recht,
Ein Nachthemd wäre gar nicht schlecht,
Denn wahrlich, hätt' ich solch ein Stück,
Welch seliges Familienglück!
Ich habe schon der Kinder vierzehn,
Gut wär' es, diese Zahl zu kürzehn.
Sobald der Jude Hörschel kömmt,
Kauf' ich von ihm ein nächtlich Hemd.

Pfarrer.

So brav, mein Lieber Glasl, brav,
Gott segne Deinen Eheschlaf!
Und wenn Dein Weib auch zornig wird,
Beruf Dich auf den Seelenhirt,
Der immerdar voll Inbrunst schreit:
Gott schütze uns vor Lüsternheit!
Das Nachthemd ist was Sittliches –
Nun auf zum Sittlichkeitskongress!

(Beide ab.)

(Der Schutzmann tritt auf und singt):

Hört Ihr Leut und lasst Euch sagen,
Die Glock' hat Sittlichkeit geschlagen!
Hüt' das Feuer und löscht das Licht,
Aber vergesst das Nachthemd nicht.
Lobet Gott den Herrn! **(ab.)**

Kasperl (tritt auf und singt):

O Nachthemd, o Nachthemd, wer dich erfunden hat!
Darunter liegt begraben so manches Zölibat.

Schutzmann.

Ruhe, Ruhe, Störenfried,
Das ist ein frivoles Lied!

Kasperl (singt):

O frivol ist mir am Abend,
Wenn ich auf dem Bettrand sitze,
Nächtlich meine Füsse schabend,
An den Hühneraugen schnitze...

Schutzmann (ihn unterbrechend):

Schlechte Witze, faule Witze.

Kasperl haut ihm mit dem Fuss eine rein und läuft weg, der Schutzmann hinter ihm her. Der Mond geht auf. Der Schutzmann kommt zurück und singt, über die Bühne gehend:

Hört Ihr Leut und lasst Euch sagen,
Die Glock' hat Sittlichkeit geschlagen,
Hüt' das Feuer und löscht das Kind
Und nehmt das Nachthemd aus dem Spind.
Lobet Gott den Herrn!

Vorhang fällt.

Kathl.

Da hab' ich dem Pfarrer das Nachthemd gewa-
schen,
Doch Alois fuhr zum Kongress in die Stadt.
Wo kann ich das Hemd und den Pfarrer erha-
schen:
Ich fürchte, dass er es bei sich hat.
Er hat es getragen drei viertel Jahr,
Er konnt' es nicht tragen mehr,
Da hab' ich's gewaschen ganz und gar
Mit Schmirgel, Seife und Teer.
Ich hab' es gerieben vier volle Stund,
Wie war es so hart und so grau,
Ich rieb mir die Hände so rot und so wund,
Ich selig-unselige Frau.
Und wenn ich es walkte und wenn ich es rieb,
Wie tat ich es freudig und gern,
Und wenn er dafür mir auch ferne blieb
Am siebenten Tage des Herrn.
Er ist ja zur christlichen Liebe bereit,
So oft ich nur will und ich mag:
Er trägt's nur aus Gründen der Sittlichkeit
Am Sonntag, am siebenten Tag!

(Kasperl erscheint.)

Kathl.

Habt Ihr den Pfarrer nicht gesehn?

Kasperl (vertraulich).

Wir wollen mal beiseite gehn.

Wie nennt sich denn Dein Buhle süss?

Kathl.

Er heisst mit Namen Alois.

Kasperl.

Ei, Alois – ein schöner Name!
Gehn wir ihn suchen, holde Dame.
Beschreibe mir ihn ganz genau,
Das Antlitz und den Körperbau.
Was ist an ihm absonderlich?

Kathl.

Er trägt ein Nachthemd sonntäglich.

Kasperl.

Verlass Dich drauf, den finde ich!

(Beide nach rechts ab. Der Vorhang fällt.)

DRITTES BILD

Mizzi.

Schon fünfzehn Jahre, Aphrodite,
Hab ick mir Deinem Dienst jeweiht,
Und meiner Jugend feuchte Blüte
Hab ick den Männern hinjestreut.
Und wer sich je zu mir bemühte,
Fand mich zum Liebestanz bereit.
Du weisst es ja, die Jugend liebt sich:
Ick nahm nie mehr als zwei Mark siebzig.

Ick diente emsig und jeschäftig
Und fand nie etwas Peinliches,
Und bin ick heut noch immer kräftig,
Dir, Aphrodite, dank ich es.

Doch nie war der Verkehr so heftig
Wie jetzt beim Sittlichkeitskongress.
O Aphrodite, sieh es macht sich,
Ick nehme jetzt schon zwei Mark achtzig.

(Nach rechts ab.)

Von links kommen Pfarrer und Bauer.

Pfarrer.

Geh nun nach Haus, mein lieber Bauer,
Und überleg es Dir genauer.
Nein, geh zu Tietz und kauf Dir dort
Ein Nachtgewand als Tugendhort;
Denn nur im Nachthemd ganz allein
Kann wahre Sittlichkeit gedeihn.

Bauer.

Bei Tietz ist's teuer und dann taugt es
Nicht viel – ich kauf' mir ein gebrauchtes,
Hochwürden, bei dem Juden Hörschel.

Pfarrer.

So geh mit Gott, mein guter Schörschel!

(Bauer ab.)

Nun atmet die Welt verjüngt und frei
Von der Last des schrecklichsten Lasters befreit!
Nun ist sie vorbei,
Die nachthemdlose, die schreckliche Zeit!

Mizzi (kommt zurück)

Ei sieh, da kommt schon wieder einer!

(Zum Pfarrer):

Wie is et, jehste mit mir, Kleiner?

Pfarrer.

Gott grüss Dich, keusche Mädchenblüte,
Dein Antlitz strahlet edle Güte,
Nur die Frisur ist etwas keck!

Mizzi.

Nur keene Angst, die leg'n ma weg.

Pfarrer.

Sie sieht mich an in Scham befangen
Und zarte Röte auf den Wangen.

Mizzi.

Ne starke Röte, keene Spur,
Ick schminke mir janz wenig nur.

Pfarrer.

Nun sag mir eines, liebes Kind,
Hast Du ein Nachthemd auch im Spind?

Mizzi.

Eins wär mich jar zu schnell beschmutzend:
Ick habe jleich een halbet Dutzend.

Pfarrer.

Gesegnet scheint mir eine Stadt,
Wo man ein halbes Dutzend hat.
Doch sind es auch recht dicke, lange?

Mizzi.

Nu, davor hab man keene Bange!

Pfarrer.

Und reichen sie auch übers Knie?

Mizzi.

Komm mit mir Schatz, dann siehste sie.

Pfarrer.

Mich ruft die Pflicht, ich bin bereit:
In Deinem Namen – Sittlichkeit! **(Beide ab.)**

VIERTES BILD

Kasperl und Kathl treten auf.

Kasperl.

Nun sei gescheit und komm mal her,
Wir finden ihn jetzt doch nicht mehr.

Kathl (verzweifelt).

O Gott, nun hat der böse Mann
Das frischgewaschne Nachthemd an!

Kasperl.

Du dummes Kind, hör auf zu klagen –
Wer wird denn tags ein Nachthemd tragen?
Und trägt er's, schützt es jederzeit
Vor Überschwang an Fröhlichkeit.

Kathl.

Wie sind wir kreuz und quer geloffa!

Kasperl.

Komm mit, ich hab' zu Haus ein Sofa,
Das eignet sich zur Ruhestätte.

Kathl.

Wenn er nur nicht das Hemd anhätte!!

(Beide Arm in Arm ab.)

Pfarrer (kommt müde von rechts).

Das Resultat war recht erfreulich –
Zu dünn sind ihre Hemden freilich,
Und ausserdem sind es nur fümfe,
Doch gehen sie bis auf die Strümpfe.
O Sittlichkeit, dein Dienst ist schwer:
Heut revidiere ich nichts mehr! **(ab.)**

Mizzi (kommt von rechts mit dem Nachthemd).

O Aphrodite, Aphrodite!
Ooch dieser Mann war eene Niete!
Er zahlte nischt, Kreuzsakrament!
Da hab ick ihm det Hemd jeklemmt.
Und wat forn Hemd, und wat forn Hemd!!
Jottlob, der Jude Hörschel kömmt.

Hörschel.

Alte Kleider, altes Eisen
Kauf' ich zu den höchsten Preisen,
Morphiumspritzen und Korsetten,
Stiefel, Töpfe, Uhrenketten,
Zink, Potschamberl, Rotweinflaschen
Telephone, Damentaschen:
Alle Dinge morsch und mörschel
Kauft, verkauft der Jude Hörschel!
Postkarte genügt!!!

Mizzi.

Jude, siehste det Hemd! Rück raus mit zwee Mark und du hast es.

Hörschel.

Gott soll mich strafen, ei weih! Gott der Gerechte: zwei Mark!

Mizzi.

Ist's doch een heilijes Hemd mit dem Safte des Jlaubens durchtränket!

Hörschel.

Geseires, e heiliges Hemd! Achtzig Pfennig sind viel!

Mizzi.

Achtzig Pfennig, du Jud! Da verlier ick ja selber zwee Mark dran!

Hörschel.

Is schon am Toches e Loch! Nebbich nu: geb ich e Mark.

Mizzi.

Saujud, eine Mark fuffzig, sonst trag ich es selbst nach Altötting!

Hörschel.

Weih geschrien! Haisst e Geschäft! Sagen wir eine Mark fünf.

Mizzi.

Eine Mark zwanzig und Schluss!

Hörschel.

Da sind se, die eine Mark fünfzehn. (ab.)

Mizzi.

Halbe Arbeit umsonst! Einsfünfundsechzig sind hin!! (ab.)

FÜNFTES BILD

Mondnacht auf dem Marktplatz.

Pfarrer (allein):

Da hängst du wieder, still verschwiegne Leuchte,
Dem Nachthemd gleich, das alle Sünden deckt –
So trockne auch dein warmer Strahl das Feuchte,
Das tränend mir aus beiden Augen leckt.
Die Unzucht, die die ganze Stadt durchseuchte,
Ein Lavastrom, der alle Herzen schreckt – – –
Was legst du auch mit deinem fahlen Schimmer
Dich still verklärend vor die Fremdenzimmer!

So lagst du auch vor meiner Kemenate,
Als mir das Nachthemd in die Binsen ging!
Nun wandert' rastlos ich verworrne Pfade,
Wo meistens eine rote Lampe hing –
Und steh' jetzt da, ein Storch in dem Salate,
Ein armer, wegentgleister Priesterling.
Wie hat sich grausam das Geschick gewemdet:
O Zwirn und Wolkenbruch – ich bin enthemdet!!!
(Er sinkt ohnmächtig nieder.)

Kasperl (tritt singend auf):

Froh im Nachthemd durch das Leben
Zieht die ganze Menschlichkeit:
Kann man doch das Nachthemd heben,
Denn das Nachthemd ist so weit.

Glori, glori, Halleluja,
Nachthemd ist der feinste Dress,
Glori, glori, Halleluja,
Für den Sittlichkeitskongress

(Er stolpert über den Pfarrer.)

Die Kathl ist ein süsses Madl,
Bist Du der Pfarrer von der Kathl?

Pfarrer (erwachend).

Wer ist der Fremde –
Hat er mein Hemde?

Kasperl.

Aha! Jetzt merk' ich, wer es ist:
Der Pfarrer, der sein Hemd vermisst.

Pfarrer.

Wer hat Dir davon was verraten?

Kasperl.

Aha! Jetzt riecht er schon den Braten.

Pfarrer (packt ihn an der Brust).

Wer sagte Dir was von dem Hemd?

Kasperl (schlägt mit dem Bein nach ihm).

Ei, Himmel Herrgott Sapperment!

Pfarrer.

Mein Hemd! Mein Hemd! Mein Hemd! Mein Hemd!

Kasperl (hat ihn hingeworfen und rollt ihn über den Bühnenrand).

Hurra, ich hab' ihn eingeklemmt!

(Pfeifend ab.)

Bauer.

Meine Ruh' ist hin, mein Herz ist schwer,
Ein Nachthemd find' ich nimmermehr.
Da lief ich nun in tollem Trab
Die Strassen auf, die Strassen ab
Und fragte links und fragte rechts
Nach Hemden männlichen Geschlechts.
Vergebens war mein wildes Suchen...

Hörschel (auftretend, seine Waren ausrufend):

Kaninchenfelle, Hundekuchen,
Bauchbinden, Luftballons und Käse,
Bierwärmer, Hummermayonnaise,
Zahnbürsten, Schuhcrême, Lampenteller,
Bidets, Nachthemden und Propeller...

Bauer.

Da sucht' ich lang, ich alter Tor:
Nachthemden fallen mir ins Ohr!

Hörschel.

Alle Dinge morsch und mörschel
Kauft, verkauft der Jude Hörschel.
Postkarte genügt!!!

Bauer.

Aha, da seh ich ja schon Hörscheln,
Ich will mich an das Nachthemd pörscheln.
Hallo! Den Laden aufgemacht!
Was kostet solch ein Hemd der Nacht?

Hörschel.

Ein köstlich Hemd, ein feines Hemd

Ward mir soeben angeschwemmt.
Für Sie, Herr Landwirt, zwei Mark achtzig.

Bauer.

Heraus damit, die Sache macht sich.

(Er bezahlt und bekommt das Hemd.)

Ich prob's mal hinter der Fontäne.

(ab.)

Hörschel.

Vertrau'n Se mir, das Hemd ist scheene.

(Allein.)

Solch ein Massel, solch ein Massel
Hilft mir noch aus dem Schlamassel!
Alle Christenwollust rächt sich:
Eine Mark und fünfundsechzig
Hab' ich an dem Hemd verdient!
Ach, in Schacherfreuden ächz' ich,
Eine Mark und fünfundsechzig:
Die Pogrome sind gesühnt **(ab.)**

Bauer (hat das Hemd über den Anzug gezogen).

Jetzt bin ich endlich nachtbehemdst!
Gottlob, der Wollust ist gebremst!

(Er jodelt und tanzt.)

Der Vorhang fällt.

SIEBENTES BILD

Kasperl und Kathl, beide sehr fidel, treten auf.

Kasperl.

Mir ist, als wär' es Pfingsten,
Wenn ich Dich an mich press',
Uns stört nicht im geringsten
Der Sittlichkeitskongress.

Kathl.

Mir ist's, als wär's Sylvester,
Wir tränken heissen Punsch.
Wenn Du an mir, mein Bester,
Erfüllest jeden Wunsch.

(Beide zusammen):

Glücklich ist, wer vergisst,
Dass ein Nachthemd nötig ist.

Pfarrer (müde und zerschlagen).

Ach, ich kann es nicht vergessen,
Dass ein Nachthemd ich besessen,
Das uns allen nötig ist.
Immer seh' ich's vor mir schweben –
Nur im Nachthemd kann man leben,
Nur im Nachthemd ist man Christ.

Kasperl und Kathl.

Glücklich ist, wer vergisst,
Dass ein Nachthemd nötig ist.

Bauer (torkelt betrunken im Hintergrund über die Bühne und singt):

Mein Nachthemd ist lang und mein Nachthemd ist fein,
Und hätt' ich kein Nachthemd, so wär' ich ein Schwein.

(ab.)

Kasperl (bemerkt den Pfarrer).

Das ist er ja, Dein Alois!
Nun frag ihn, wo das Nachthemd is.

Kathl.

Du Haderlump, Du schlechtes Aas!
Wo ist Dein Nachthemd, sag mir das!

Pfarrer (leise beiseite).

Wie sag' ich's nur, wie wend' ich's ab,
Dass ich mein Hemd verbumfeit hab'?
O steh mir bei, Sankt Florian,
Und zünde mir ein Lichtlein an!

(Laut.)

So hört doch, Freunde, hört doch, hört,
Die Sache ist jetzt umgekehrt!
Jetzt lehrt der Sittlichkeitskongress!
Das Nachthemd ist was Sündliches!
Denn wer nur je ins Nachthemd schlüpft,
Berechnet schon, wie er es lüpft,
Und doppelt sündigt, wer versteckt
Das Laster mit dem Hemd bedeckt!
Drum hab' ich sittlichkeitsentzückt
Mein Hemd nach Afrika geschickt,

Denn dort, bei jenen wilden Heiden
Lässt sich die Unzucht schwer vermeiden.

Bauer (torkelt über die Bühne).

Mein Nachthemd ist lang, mein Nachthemd ist fein,
Und hätt' ich kein Nachthemd, so wär' ich ein Schwein.

Kathl.

Wie ist mir denn, mir klingt's im Ohr –
Das Hemd kommt mir verdächtig vor!

Kasperl.

Aha, jetzt ist er schon verraten!

Pfarrer.

Halt's Maul, du dummer Teufelsbraten.
Mein Hemd ist längst in Afrika.

Kathl (hat sich das Hemd angesehen und schreit).

Hier steht ja Alois' Name da!
O Laster, Sünde, Schimpf und Schand!
O Alois, Du bist erkannt. **(Prügelt ihn.)**

Kasperl.

Denn alle Schuld auf Erden rächt sich!

Mizzi (stürzt wutentbrannt auf den Pfarrer los).

Ich kriege noch eins fünfundsechzig!

Schutzmann und Hörschel kommen: Grosse Prügelei. Schliesslich bleibt Kasperl allein und spricht den

EPILOG

Das Spiel ist aus. Die Sittlichkeit zerbrach,
In Trümmer liegen Eure Ideale!
Ihr schmäht die Unzucht, doch Ihr schleicht ihr nach:

Das Fleisch bleibt schwach – und das ist das
Finale.

Alle Personen treten auf. Schlusschor bei bengalischer Beleuchtung.

Chor (nach der Melodie: »Die Männer sind alle Verbrecher«).

So ziehn wir im Nachthemd durchs Leben
Nach uraltem sittlichen Brauch,
Doch wolln wir am alten nicht kleben:
Ohne Hemd, ohne Hemd geht es auch!

Vorhang fällt. **ENDE**

GELEHRTER SPÖTTER UND IRONISCHER BÜCHERWURM

Jacobus Schnellpfeffer – hinter diesem Pseudonym verbirgt sich der Gelehrte, Bibliophile, Gastrosoph, Satiriker und Lebenskünstler Carl Georg von Maassen, geboren am 27. August 1880 in Hamburg, gestorben am 22. Dezember 1940 in München. In dickleibigen Literaturgeschichten wird man seinen Namen vergeblich suchen. Um so mehr wissen aber seine Freunde über ihn zu berichten. Erich Mühsam nannte ihn einen »gelehrten Spötter und ironischen Bücherwurm«, Ringelnatz war fasziniert von dem »hochgebildeten Mann von mitreißendem Humor«, der »immer überraschende Einfälle« hatte, und der Graphiker Rolf von Hoerschelmann schrieb: »Man mußte Carl Georg von Maassen vor dem ersten Weltkrieg gekannt haben, um seine skurrile Persönlichkeit ganz zu würdigen. Man mußte ihn in den Morgenstunden nach durchschwärmter Nacht in seinem Bücherzimmer gesehen haben, den zahmen Raben Jakob auf der einen Schulter, die neugierige Dohle Prosper auf der anderen, und alle drei dem kleinen Gläschen zusprechend. Man mußte ihm zugehört haben, wenn er, von Begeisterung erfüllt, von seinen Lieblingsdichtern sprach und seine innerlichsten Erschütterungen und Träume preisgab.«

Eine solche Verbindung von Geist und Genuß, wie wir sie in der Person Maassens vorfinden, konnte nur in dem heute längst zur Legende gewordenen München der Jahre vor dem ersten Weltkrieg gedeihen, in dieser Kunststadt, die Maler und Literaten aus ganz Europa anzog, in einer »Atmosphäre« – wie Thomas Mann sich erinnerte – »von Menschlichkeit, des duldsamen Individualismus, der Maskenfreiheit sozusagen«. Maassen verband die Akribie des Wissenschaftlers mit der Hingabe des Sammlers an seine Objekte und beides wiederum mit der Phantasie des Künstlers. Seine Bibliothek wies unter anderem fast die ganze Literatur der Romantik in Erstausgaben auf, daneben Raritäten aus vielen

Gebieten, zum Beispiel der erotischen Literatur und des Gespensterwesens. Mit enormer Sachkenntnis gab er eine historisch-kritische E.-T.-A.-Hoffmann-Ausgabe heraus, von deren geplanten 15 Bänden allerdings nur 9 erschienen. Als Jacobus Schnellpfeffer produzierte er Scherz, Satire, Ironie und tiefere Bedeutung in Versen. »Stecknadeln im Sofa« nannte er eine Gedichtsammlung. Es sind Stecknadeln, die im Sofa der guten Stube stecken, mit den Spitzen nach oben, versteht sich, um den biederen Bürger an seinem edelsten Körperteil zu verletzen. Eine Galerie von Banausen, Scheinheiligen und Sittenschnüfflern wird vorgeführt. Wo Schnellpfeffer die Niederungen des Philisteriums verläßt, gerät er in die Gefilde des reinen Nonsens und erweist sich dann als ein Geistesverwandter von Christian Morgenstern. In »Fabeloid«, der »Fabel über die Fabel« beispielsweise, wo Spucknapf und Grashalm nicht nur sprechen und agieren, sondern über diesen Tatbestand auch noch zu reflektieren beginnen. Eine neue Dimension des Satirischen taucht in den »Gedichten eines Gefühllosen« auf. Das Schreckliche erscheint im Gewande des Humorigen, hinter der Maske des Biedermannes kommt ein Ungeheuer zum Vorschein. Ringelnatz führte die »Gedichte eines Gefühllosen« im parodistischen Literaturverzeichnis seiner »Turngedichte« auf, und wer sein »Geheimes Kinder-Spiel-Buch« zur Hand nimmt, wird die Patenschaft von Schnellpfeffers schwarzem Humor unschwer erkennen.

Wenn von C. G. von Maassen die Rede ist, muß auch von jenen geselligen Kreisen gesprochen werden, deren spiritus rector er war. Voller Ironie gaben sie sich den Anstrich bürgerlicher Vereine, obwohl sie doch deren entfesselte Umkehrung darstellten. Feuchtfröhliches Treiben ging in ihnen eine seltsame und seltene Verbindung mit Ulk und geistvoller Spötterei ein. Relativ seriös ging es in der

»Gesellschaft der Münchener Bibliophilen« zu, die von 1907 bis 1913 existierte. Maassen und einige Gleichgesinnte sorgten allerdings – wie Hoerschelmann zu berichten weiß – für eine »Nebenregierung unsolider Elemente«. Zu deren Böse-Buben-Streichen zählten persiflierende Faschingspublikationen wie die meisterlich gefälschte Inaugural-Dissertation mit dem gelehrt klingenden Titel »Über den Lyrismus bei Max Halbe in seinen Beziehungen zur Anakreontik der Spätromantiker«, eine Stachelschrift, die sowohl pseudo-wissenschaftliches Gebaren als auch den seinerzeit recht erfolgreichen, aber auch recht mittelmäßigen Autor Max Halbe kräftig verulkte.

Geheimnistuerische Rituale, angeregt durch Maassens E.-T.-A.-Hoffmann-Forschung, gaben der »Hermetischen Gesellschaft« das Gepräge. Ringelnatz erinnert sich: »Die ›Hermetische Gesellschaft‹ war eine sehr gelehrte und mystische. Sie hatte nahezu eine eigene Sprache, hatte eigene Gebräuche, eigene selbst gezeichnete Bilder an den Wänden, eine eigene Münzführung, eine geheime Kasse, geheime Namen und ein geheimes Sitzungsbuch.« Wer aufgenommen werden wollte, mußte in einer Art Examen seine Kenntnisse der Geheimwissenschaften unter Beweis stellen. Ringelnatz, der die ihm gestellten Fragen nur ungenügend beantworten konnte, blieb daher – zu seinem großen Bedauern – immer nur der »kleine mittlere Seitenvater Appendix«.

Der von Maassen initiierte »Verein süddeutscher Bühnenkünstler« wies als wichtigste Statuten auf, daß Bühnenkünstler grundsätzlich auszuschließen seien und Süddeutsche nur in Ausnahmefällen zugelassen werden sollten (was allerdings beides durchaus nicht so streng gehandhabt wurde). Was für Allotria hier getrieben wurden, davon legt das

»Weihebühnen-Festspiel« mit dem schönen Titel »Im Nachthemd durchs Leben« Zeugnis ab, geschrieben von »drei Mitgliedern des Vereins süddeutscher Bühnenkünstler«, nämlich – wie kundige Thebaner vermelden – von Maassen, Mühsam und dem wie seine Mittäter zu jedem Unfug bereiten Schriftsteller Reinhard Köster. Aufgeführt wurde das Stück, von dem übrigens zuerst der Titel erfunden wurde, im Fasching des Jahres 1914 auf dem Kasperltheater des Bunten Vogels, der »Freien Holzbühne«.

Es hatte etwas Symbolisches, daß gerade der Münchener Fasching von 1914 sich durch besondere Wildheit und Ausgelassenheit auszeichnete. Es war wie ein Abschiednehmen von einer Epoche des laissez faire, des Leben-und-Leben-lassen. Wenig später begann der Krieg. Zwar gab es danach in München immer wieder Versuche, den Bohème-Geist der Vorkriegszeit erneut zu beleben, aber die Verhältnisse ließen ein Aufkommen der Unbeschwertheit von ehedem nicht mehr zu. Am besten hat wohl Erich Mühsam in seinen »Unpolitischen Erinnerungen« ausgesprochen, was Geist und Wesen der Künstlerkreise im Vorkriegs-München ausmachte: »Wir waren lustig, indem wir uns lustig machten, wohl auch mit Hilfe von viel Getränk, aber vielmehr mit Hilfe unbändiger Freude am Loslassen der Strippen, an denen die gesetzte Logik die Gedanken bewegt, am Freilauf der Phantasie, und wir machten uns lustig über die Kunst, die wir alle mit Inbrunst liebten, über die Ehrpusseligkeit der Künstlergesellschaften, deren Wesensart wir doch selbst bestimmend beeinflußten, über die Persönlichkeiten, deren Wert wir am höchsten schätzten, und über ihr Werk, das wir nicht müde wurden, begeistert zu preisen. Wir machten uns lustig über unser eigenes Dasein und unser eigenes Schaffen und Mühen und Ernstsein und Lustigsein. Was wir aber haßten, weil es uns haßte, weil es den Geist in seiner freien Heiterkeit in die Ödigkeit vertrockneter Moral bannen wollte, darüber schütteten wir unser Lachen aus, daß es selber nichts mehr zu lachen hatte.«

Walter Rösler

Quellen:

Stecknadeln im Sofa. Gedichte von Jacobus Schnellpfeffer. Internationale Bibliothek G.m.b.H., Berlin 1928 (Die meisten Gedichte dieser Sammlung erschienen zuerst von 1904 bis 1914 im Simplicissimus.)
Jacobus Schnellpfeffer: Die Gedichte eines Gefühllosen. Als Manuskript für Freunde gedruckt, Verlag zum toten Kind, München und Berlin 1903
Vergiß es nicht! Aus: Simplicissimus, 35. Jahrgang, Nr. 5, 28. April 1930
Im Nachthemd durchs Leben. Ein süddeutsches Weihebühnen-Festspiel, nebst Prolog und Epilog sowie Gesang und bengalischer Beleuchtung. Für die Holzbühne erdichtet und erdacht und an das Licht gebracht von drei Mitgliedern des Vereins süddeutscher Bühnenkünstler (C. G. von Maassen, Erich Mühsam, Reinhard Köster). Als Manuskript gedruckt. Verlag des Vereins süddeutscher Bühnenkünstler, München 1914

Die Texte sind in der originalen Schreibweise wiedergegeben.

1. Auflage dieser Ausgabe

Rosa-Luxemburg-Str. 16, 10178 Berlin
Umschlagentwurf: Albrecht von Bodecker
Typographie: Matthias Gubig
Einbandmaterial PEYDUR Lisse,
Vorsatzmaterial SURBALIN
Firma Peyer + Co. GmbH, Leonberg-Eltingen
Druck und Bindung: Offizin Andersen Nexö, Leipzig
ISBN 3-359-00854-5

99 Exemplare dieser Ausgabe
sind im Schuber und mit einer signierten Grafik
von Albrecht von Bodecker erhältlich.
ISBN 3-359-00855-3